追踪神秘黑衣人

[德]安内特·诺伊鲍尔/著
[德]塞尔维娅·克里斯托弗/绘
王 萍 万迎朗/译

天津出版传媒集团
新蕾出版社

图书在版编目(CIP)数据

追踪神秘黑衣人/(德)安内特·诺伊鲍尔著；
(德)塞尔维娅·克里斯托弗绘；王萍,万迎朗译.——
天津：新蕾出版社,2023.7(2024.3重印)
(大科学家和小侦探)
书名原文：EIN FALL FUR DEN MEISTERSCHULER
ISBN 978-7-5307-7515-8

Ⅰ.①追… Ⅱ.①安…②塞…③王…④万… Ⅲ.
①儿童小说-侦探小说-德国-现代 Ⅳ.①I516.84

中国国家版本馆CIP数据核字(2023)第031850号

Title of the original German Edition: Ein Fall für den Meisterschüler (Leonardo da Vinci)
© 2006 Loewe Verlag GmbH, Bindlach
Simplified Chinese translation copyright © 2023 by New Buds Publishing House (Tianjin) Limited Company
ALL RIGHTS RESERVED
津图登字：02-2022-033

书　　名	追踪神秘黑衣人　ZHUIZONG SHENMI HEI YI REN
出版发行	天津出版传媒集团 新蕾出版社 http://www.newbuds.com.cn
地　　址	天津市和平区西康路35号（300051）
出 版 人	马玉秀
电　　话	总编办（022）23332422 发行部（022）23332351　23332677
传　　真	（022）23332422
经　　销	全国新华书店
印　　刷	天津新华印务有限公司
开　　本	880mm×1230mm　1/32
字　　数	48千字
印　　张	4.5
版　　次	2023年7月第1版　2024年3月第2次印刷
定　　价	26.80元

著作权所有，请勿擅用本书制作各类出版物，违者必究。
如发现印、装质量问题，影响阅读，请与本社发行部联系调换。
地址：天津市和平区西康路35号
电话：（022）23332351　邮编：300051

目 录

一 笔记本失窃案/1

二 小偷儿的目的/14

三 追踪/25

四 关键线索/38

五 法国国王的使者/49

六 夜间冒险/63

七 邀请函/74

八 假面舞会/85

九 不速之客/96

十 地下工作室/107

答案/119

达·芬奇生平大事年表/122

了解文艺复兴/125

达·芬奇——一位全能巨匠/126

趣味小实验/133

一
笔记本失窃案

"我今天必须要打扫房间吗?"萨莱[①]向达·芬奇投去恳求的目光。他穿着一件褪色的上衣和一条破旧的裤子,看起来就像是一个农家男孩。

"是的,今天必须打扫!"萨莱面前的老师不容置疑地回答。

达·芬奇没有抬头看面前这个十二岁的学生。他坐在书桌前,正在笔记本上奋笔疾书。

"物体运动时,其对空气的压力等于空气作

[①]这个人名源于达·芬奇的学徒萨莱,据说他和达·芬奇共事二十五年,是达·芬奇不少画作的模特儿。但在本故事中,"萨莱"是一个虚构的人物。

用于物体上的力。"他一边捋着长长的灰白胡须,一边自言自语。

"您说什么?"萨莱无精打采地拿起扫帚。

"没什么,萨莱。"达·芬奇回答,"只是我的推测而已。"

"如果您都把它写在笔记本上了,那一定是非常重要的推测!"为了消磨扫地的无聊时光,萨莱总是找达·芬奇搭话。

达·芬奇叹了口气,挑了挑浓密的眉毛。看来,自己不说一说,萨莱是不会消停的。

"过来,给你看样东西。"他向萨莱招手示意。

萨莱立即把扫帚扔到地上,忙不迭地跑到达·芬奇的书桌前。

"看那儿!"达·芬奇指向敞开的窗户,萨莱顺着他指的方向望去。

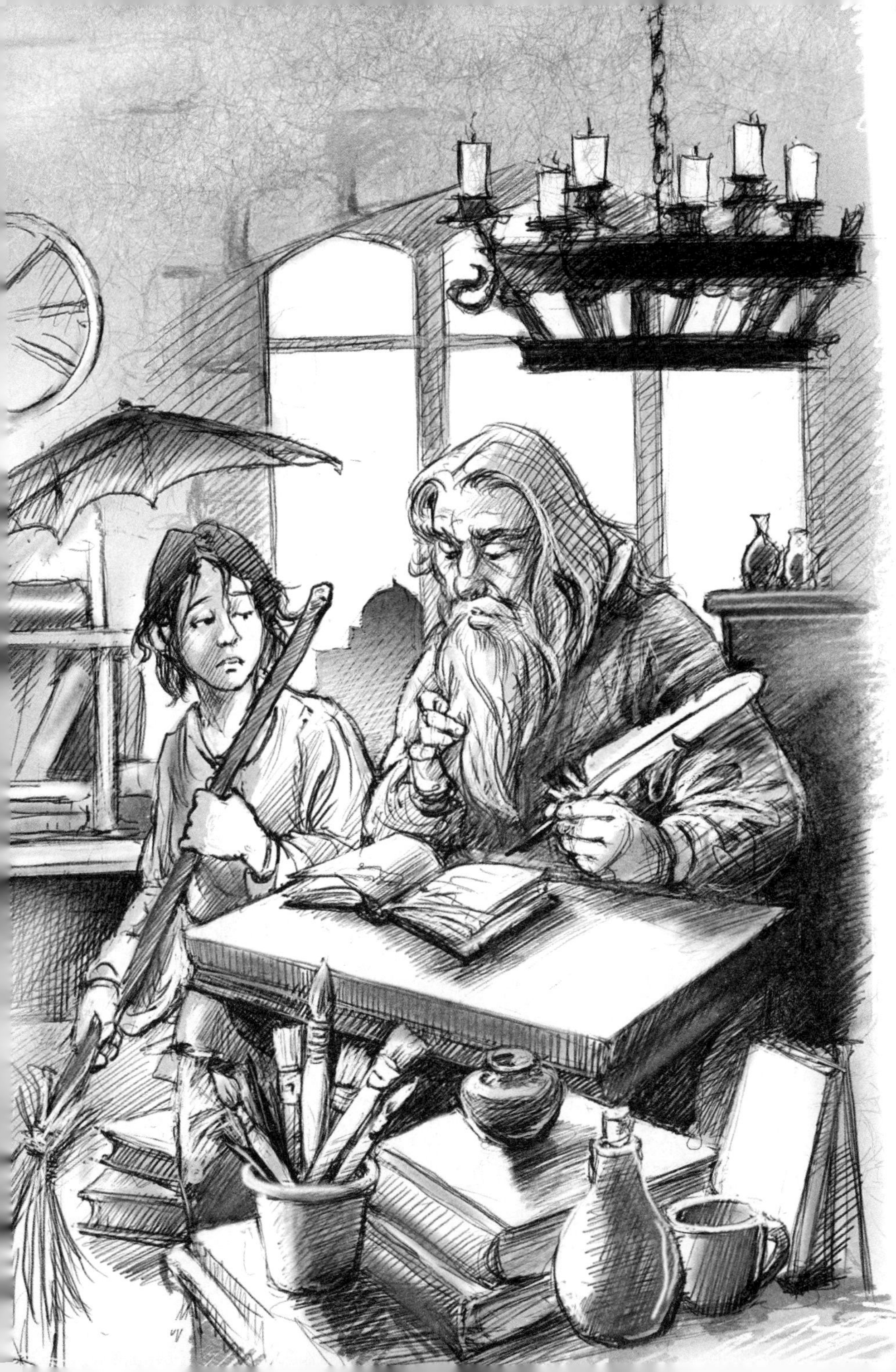

这间工作室位于塔顶，站在窗边望去，佛罗伦萨①的美景一览无余。坚固的城墙环抱着这座城市，在一片屋顶的海洋中，矗立着几座圆形穹顶。暮色渐近，一天的喧嚣逐渐归于平静，妇人带着孩子匆匆向家赶去，街头小贩收拾着各色货物，商人则忙着盘点白天赚来的钱币。

　　"你看到了什么？"达·芬奇问。

　　"没什么特别的。"萨莱茫然地揉了揉自己的棕色鬈发，"无非就是街道、屋顶、窗户……"

　　"不！那边，河的上方，你仔细看！"达·芬奇提示道。

　　萨莱定睛一看，两只猎鹰正在阿尔诺河②的上空不断盘旋着。

　　"就是两只鹰呗！"萨莱并不在意。

---

①佛罗伦萨，意大利中部的一座城市，欧洲文艺复兴的发源地。在十五、十六世纪，它是欧洲最著名的艺术中心。
②阿尔诺河，一条横贯整个佛罗伦萨的河流。

"没错,两只鹰。"达·芬奇若有所思地点了点头,"大自然能教给我们很多知识。如果我们能创造出翅膀,那人类也可以在空中展翅飞翔。"

他弯下腰,几缕碎发垂到了脸上。他伸手从桌子下面拿出一个如鸟的骨架一般的木质模型。

"我尊敬的老师,您不会真的认为人类能飞

吧？这纯粹是在浪费时间！"

达·芬奇没有理会萨莱，站起身来。他虽然身着朴素长袍，只在腰间松松地系着一条普通的腰带，却依旧散发出儒雅、高贵的气质。他将那只奇怪的木鸟不断地举起又放下，好让它的翅膀上下扇动。

"究竟怎样的翅膀才能承载人类的重量？"他像是在问萨莱，又像是在自言自语，"我们的思想能自由遨游，如果身体也能如此该有多好！"

"老师，"萨莱打断了他，"有人在敲门。"显然，达·芬奇刚刚沉浸在自己的思绪中，根本没有听到敲门声。"那去开门吧。"他吩咐道。

萨莱跑下楼梯，走到门厅，打开大门，映入眼帘的是一张女士的脸，那张脸上带着一抹神秘的微笑。"晚上好，丽莎夫人！"萨莱向这位优雅的女士打了个招呼，并深深鞠了一躬。

"请进,请在图书室稍坐片刻。我这就去告诉老师您来了。"萨莱急忙冲上楼。

"丽莎夫人来了!"他气喘吁吁地说。

"蒙娜丽莎[①]?"达·芬奇笑容满面,"我现在就去见她。你留在这里,认真打扫工作室。不要再无所事事或者跑出去东游西逛了!"

听到这番话,萨莱绝望地环顾整个工作室:四处堆放着书籍、图纸和各色颜料罐,书架上满

[①] "蒙娜"是意大利语的音译,意为"夫人","蒙娜丽莎"就是"丽莎夫人"。达·芬奇创作的《蒙娜丽莎》是世界名画之一,其创作时间大约从1503年至1506年,表现了女性的典雅和恬静。

是仪器、设备和玻璃镜片。和以往一样,在这间拥挤的工作室里,唯一整洁的地方就是达·芬奇的书桌,桌上只放着一本摊开的笔记本和一支羽毛笔。

"明天再收拾不行吗?"萨莱长吁短叹道。达·芬奇没说一句话,就匆匆离开了工作室,快步走下楼梯。

萨莱极不情愿地捡起扫帚,开始扫地。由于心不在焉,他差点儿把地板上的几罐油画颜料打翻。他索性停下手头的活儿,走到窗前去欣赏黄昏时分的佛罗伦萨——万家灯火正争先恐后地亮起。一颗小石子儿突然从窗外飞来,落到了他的脚边,把萨莱从无限遐想中拉了回来。

"萨莱!萨莱!"小巷里传来低沉的声音,"快下来,我们去看看能不能找点儿好吃的!"

萨莱伸出头去寻找声音的来源,发现有一

个人正朝他连连挥手,原来是他的好友卡特琳娜——隔壁木匠的女儿。这个十一岁的女孩如往常一样穿着随意:帽子歪斜地扣在棕色的鬈发上,破烂不堪的长裙下露出赤裸的双脚。她肯定又是背着父母偷偷溜出家门的!

萨莱没有一丝犹豫。工作室什么时候收拾都来得及,何况丽莎夫人每次来拜访达·芬奇都

会坐上好一阵子呢!

"我来啦!"萨莱压低声音喊了一句,就把扫帚扔到角落,飞奔下了楼梯。图书室的门留了一条小缝,他经过的时候放慢了脚步,眯着眼睛向里瞥了一眼。

丽莎夫人今天穿着一袭华丽的墨绿色丝绸连衣裙,深棕色的头发披在肩上,整个人显得格外明艳。

"我的画像您还需要多久才能完成?"丽莎夫人目光犀利地看着达·芬奇,"要知道,您已经画了一年多了!"

萨莱皱了皱眉。这是一个多么自负和虚荣的女人哪!但此时此刻,她对达·芬奇咄咄逼人的态度正合自己心意。达·芬奇和她聊得越深入,自己就越能顺利地溜出去。

"您知道的,"达·芬奇终于开口,他凝视着

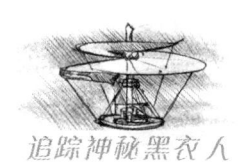

丽莎夫人说,"像您这样天生丽质的美人,自然需要一幅尽善尽美的……"

萨莱蹑手蹑脚地走到门厅,他愕然发现大门竟然没有关。肯定是刚刚迎接丽莎夫人时,他忘记关上了,好在达·芬奇没有留意到他如此粗心大意。现在最要紧的是悄悄溜出去。他出门后轻轻把门带上了。

萨莱刚出去,一个黑影就从门厅的衣柜里钻了出来,然后像野兽一样敏捷地蹿上楼梯。他的

帽檐压得很低，遮住了他的大半张脸，黑色的斗篷更是让他与幽暗的楼梯几乎融为一体，只有他身上佩剑的剑柄时不时闪着寒光。

到了楼顶，男人四处打量后潜入了工作室。他一下就瞥见了目标，悄无声息地径直走向自己想要拿走的东西。片刻之后，那个男人又从楼梯上溜了下来，透过门缝快速扫了一眼图书室。当他瞟到正沉浸在交谈之中的达·芬奇和丽莎夫人时，得意地咧嘴狞笑，然后飞快离开了这里。

"明天见！"萨莱和卡特琳娜告别后，又擦了擦嘴，那些放在开放式橱窗里用来招揽顾客的杏仁饼干实在太好吃了。

晚上，萨莱心满意足地回到了房子里。听见图书室里传来丽莎夫人和达·芬奇的交谈声时，他松了一口气，悄悄溜回了工作室。为了不惹恼达·芬奇，他决定简单打扫一下这里。但当他发现工作室里出了事后，瞬间没有心情打扫了。

萨莱发现了什么？

二 小偷儿的目的

"笔记本呢？刚刚还在书桌上啊！"萨莱很是纳闷儿，"难道被人偷了？我得马上告诉老师！这下他肯定会发现我刚才溜出去了……"

正在这时，萨莱听到了上楼的脚步声。

"你可以收工了。"达·芬奇心情大好，"今天已经很晚了，你也打扫很长时间了。"看着达·芬奇，萨莱满脸通红。

"你怎么了？"达·芬奇关切地问，"哪儿不舒服吗？"

"没有……或许……您知道……那个笔记本……在哪里……"

追踪神秘黑衣人

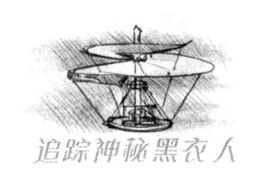

"我的笔记本呢?"还没等萨莱说完,达·芬奇就打断了他,"叫你打扫工作室,但不许动书桌上的东西,我跟你说过多少遍了?!"

"我……我不知道。它本来在那儿,突然……突然不见了……"萨莱结结巴巴地回答。

"你不会告诉我,它长了翅膀从窗户飞走了吧?"达·芬奇渐渐反应过来,"萨莱,你是不是又偷偷跑出去了?"

"老师,我只离开了几分钟而已,真的!回来时,笔记本就不见了……"

"不见了?!"达·芬奇焦躁地抓着头发,冲向书桌,"这里的每处你都找过了吗?它有没有可能掉到

了地上?"

达·芬奇把书桌推到一边,在书桌底下仔细搜寻,然后又冲到书架前翻找了一通,最后长叹了一口气瘫坐下来,绝望地说:"萨莱,你根本不知道那个笔记本的价值。上面记录了我过去几年所有发明的计算参数和草图。"

萨莱羞愧地低下头,蔫蔫地说:"对不起,老师。"

"你至少要跟我说说,这一切究竟是怎么发生的!"达·芬奇厉声说道,"大门一直锁着,小偷儿怎么进来的?你有没有发现什么异常?"

萨莱恨不得找个地缝钻进去。他甚至想赶紧离开这里,再找个地方躲起来。但他明白,既然自己犯了错误,就要勇于承担后果。萨莱深深吸了一口气,迎上达·芬奇的目光。

"我将丽莎夫人请进屋时,没有把门关好。"

他轻声坦白道,"小偷儿一定借机潜入了房子。接着,我和卡特琳娜出去了。一回到工作室,我就发现笔记本不翼而飞了。"萨莱说完最后一句话,长呼了一口气。

达·芬奇攥紧了拳头。"你怎么会连门都忘记关呢?"他叱责道,"我该怎么处罚你?我真应该把你撵回那破巷子里,反正那儿才是你最爱的地方!"

"请别这样,老师!"萨莱恳求道,"我还想和您学很多东西!从现在开始,我一定全都听您的!"

"永远不要许下你不能信守的承诺!"达·芬

奇摇摇头,"现在马上从我眼前消失,回到你的房间里!"

萨莱垂头丧气地走下楼。厨房后有一间小房间,里面有一张简陋的床、一个木箱和一扇面向后院的小窗户。萨莱浑身无力,瘫倒在床上,惴惴不安地翻来覆去,不知不觉中,昏昏沉沉进入了梦乡。他睡得很不安稳,梦见有一只巨大的猛禽从达·芬奇工作室的窗户飞了进来,用嘴叼起笔记本后又飞了出去,最后消失在了浓重的夜

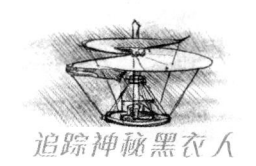

色中,而自己就站在旁边眼睁睁地看着,一动也不能动,束手无策。

第二天早上,萨莱醒来时依旧萎靡不振,嘴里还不断念叨着"笔记本"。

他真想用被子蒙住头,一睡不起。但随后,他猛然振作起来,迅速起身穿戴整齐。也许,自己可以用一顿丰盛的早餐来稍稍弥补错误,缓解达·芬奇焦躁的心情。可当他走进厨房时,餐桌上放着一个用过的盘子和一个用过的杯子。

"老师,您已经吃过早餐了吗?"萨莱喊道,"您在吗?"可是,屋里一片寂静。"他可能已经出门了……"萨莱喃喃自语,抓起了一片面包。说实话,不用面对达·芬奇,让他松了一口气。

"不知道卡特琳娜昨晚在外面等我时,有没有注意到什么异常。"他边想边把面包囫囵塞进嘴里。他决定去问问好友。这次,他谨慎地关好

了门并再三确认后,才跑进了隔壁的房子里。

"卡特琳娜!"萨莱边喊边向后院的工作室跑去,"你知道出了什么事情吗?"

卡特琳娜正在打扫通往主屋的楼梯,看到萨莱后兴奋地向他挥手。她很高兴能有人打断自己手头上这枯燥的工作。

"早上好,萨莱!"

萨莱走近她,急切地向她讲了笔记本失窃的事情。

"什么?!"卡特琳娜不敢相信,"笔记本被偷了?如果小偷儿拿走金钱、珠宝,哪怕是画作,我都能理解。但为什么是笔记本?"

萨莱向她解释,达·芬奇在笔记本上记录了各种发明的计算参数和草图。他边说边疯狂地比画着,好像这样能让卡特琳娜更快地明白情况似的。

"如果小偷儿根据老师的笔记发明出了什么，便可以将老师的创意据为己有，又或者将创意高价出售。"

卡特琳娜慢慢意识到了问题的严重性。"可惜，昨天我在你家门口没有看到任何人。"她停顿了一下，继续说道，"如果我们能知道小偷儿打算如何处置笔记本，或许我们可以找到他。达·芬奇先生最近在研究什么？"

"昨天他谈到了鸟翼和飞行器[1]。"萨莱回想了一下。

"你是说，他想发明让人类能飞上天的机器？"卡特琳娜感到不可思议，"就像鸟一样？"

"是的，差不多就是这样。"萨莱回答。

"我的天哪！"卡特琳娜喊道，"笔记本上还

---

[1] 达·芬奇一生都对飞行非常感兴趣，他常观察鸟类飞行，并研发了许多不同的飞行器。尽管如此，飞行仍然是他未完成的梦想。

记录了什么发明?"

"应该还有很多,我也不太清楚。"萨莱回答。他看到卡特琳娜由衷钦佩的表情,又想到自己对达·芬奇的发明总是不以为意,不禁感到很惭愧。

"如果我们想要抓住小偷儿,必须先知道小偷儿为什么要偷笔记本。这样我们就能顺藤摸瓜。也许他对达·芬奇先生的某样发明十分痴迷。你知道达·芬奇先生还发明了些什么吗?"卡特琳娜双手叉着腰,"或者我们直接问问他本

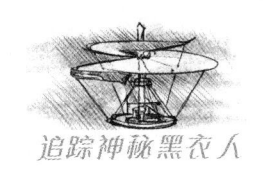

人吧！"

"这可不是一个好主意，老师正在气头上呢！你知道的，都是因为我昨晚偷跑出去，笔记本才被偷的。"萨莱说，"但我想，不用问他，我们也能了解他平常都在研究什么。快跟我来！"

萨莱带着卡特琳娜一起去了达·芬奇的工作室。而这位大师直到现在还没有回来。

"这正好！"萨莱暗自庆幸。

他们进入工作室后，很快在多张丽莎夫人的素描旁找到了目标——一张挂在墙上的纸条。萨莱把它拿下来，递给了卡特琳娜。

"这张纸条上列着老师那些非常重要的发明！"萨莱自豪地说。

卡特琳娜惊讶地接过纸条。尽管萨莱曾教过她识字，但她看到纸条时还是一愣，努力思考一番后，才慢慢读懂了达·芬奇的文字。

自行车 装甲车 降落伞 飞行器 潜水艇 潜水服

纸条上写着什么？

三 追 踪

卡特琳娜费了好大一番功夫,终于读懂了纸条上的内容。"自行车、装甲车、降落伞、飞行器、潜水艇、潜水服。"她用不解的眼神看向萨莱,"达·芬奇先生写的字怎么这么奇怪?这很难辨认!"

"他总是从右到左写镜像字。"萨莱回答,"我也很困惑他为什么这样做,也许是想让陌生人难以读懂他的笔记吧!"

卡特琳娜点点头,又埋头研究这张纸条。"可以在水下前行的船?可以在水下帮助人呼吸的衣服?还有这个自行车究竟是什么东西?"

萨莱四处张望,发现书架上有一幅奇怪的画,上面画着一个有着两个轮子的东西。

"这个是自行车。老师说,骑着它出行,可比用两条腿走路快得多。"萨莱解释道。

"但肯定快不过一对翅膀。"卡特琳娜说。

"你觉得老师的飞行器真的能让人飞起来吗?"萨莱惊讶地问道。

"如果有人能制造出这样的机器,那个人一定是达·芬奇先生。"卡特琳娜说,"若是人类飞上了高空,你猜教会的信徒会怎么说?他们一定会嚷嚷要乘着飞行器去拜访云端的天使!"

萨莱皱了皱眉头。"如果他们真的飞上了天，恐怕会吓着天使。"他想了一会儿，继续说，"如果我们的国王飞上了天，他肯定会俯视大地，被其他国家的君主所羡慕。"

"制造飞行器都需要准备些什么？"卡特琳娜问。

"老师曾提过需要大量的布料、皮革和竹竿。但这些原材料对他来说太贵了，所以直到今天他都没有开始着手制作。"

"那我们可以至少推断出两点：首先，小偷儿一定很有钱；第二，他会急需大量的原材料。"卡特琳娜条理清晰地总结道。

萨莱想了想，揣摩道："这个人也有可能是狂热的信徒，他想阻止大家乘坐飞行器去天上那个他认为的神圣之地。"

"又或者是某个想成为第一个探索神圣天空

的人。"卡特琳娜补充说,"这样他就可以收获许多追随者。"

"天哪,嫌疑人太多了!"萨莱挠了挠头,"我们该从何入手呢?"

"我们先假设作案的人想制造飞行器。"卡特琳娜提出建议,"我觉得这是最有可能的。所以,接下来他会尽快联系商人购买必要的原材料。"

"那我们能通过商人抓住小偷儿!"萨莱顺着卡特琳娜的思路说。

"是的!我知道我们首先去找谁了——布匹商人皮乌斯!"卡特琳娜再次建议,"我父亲总说,没有人的布料比皮乌斯的更好!小偷儿如果想用布料来做飞行器翅膀的话,就得需要上乘的原材料!"

"我们快走吧!"萨莱跑出工作室。如果

被达·芬奇知道自己未经允许擅自出去调查，达·芬奇应该会不太高兴。所以，他们最好动作快一些，赶在达·芬奇回来之前调查清楚这一切。

他们一起穿过洒满阳光的街道，路过高耸着钟楼的旧宫①，来到了皮乌斯的布店前。

"现在该怎么做？"萨莱问，"如果我们直接向皮乌斯打听他的顾客，他不会觉得古怪吗？"

"交给我吧！"卡特琳娜朝他眨了眨眼，两个人一起走进了店里。

"早上好，皮乌斯先生！"卡特琳娜向一个中等身材的男人热情地打着招呼，那个男人身穿红色上衣与紧身裤，腰间紧紧扎着一条腰带。

"啊，是美丽的卡特琳娜小姐！"皮乌斯满脸堆笑，"我能为你和你亲爱的父亲做点儿什么？"

---

①旧宫，即维奇奥宫，一座建于十三世纪的碉堡式宫殿，体现了中世纪佛罗伦萨的世俗权力，现在是佛罗伦萨的市政厅。

卡特琳娜假装没听到这个问题。"您最近好吗?"她反问。

"谢谢!谢谢!"皮乌斯礼貌地回答,"很好。"

"我怎么听说——"卡特琳娜故意拉长了尾音,"您的生意大不如前了?"

"谁说的?是你的父亲吗?"皮乌斯极为愠怒,"今天早上我可是片刻都不得闲,顾客络绎不绝!这不,就在刚刚,安农齐亚塔修道院的安东尼奥修士来了,说要从我这儿购买大量的上乘布料呢!"

"他要这么多上乘布料做什么?"卡特琳娜

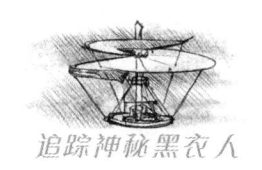

立刻警觉起来。

"这我怎么知道!"皮乌斯似乎还在为卡特琳娜刚才的一番奚落耿耿于怀,"一所大修道院,拿上乘布料去做什么都不稀奇。我说,你们为什么对这件事情这么感兴趣?"

幸运的是,正在卡特琳娜和萨莱不知怎么回答他时,店门突然被打开了,一个身披绣金斗篷、头戴花哨羽毛帽的男人慢步走了进来。

皮乌斯立刻向他迎了上去,深深鞠了一躬,开口道:"路易·德·梅……"但他连对方的名字还没说全,就被粗鲁地打断了。

"行了,皮乌斯。"那位穿着考究的男人冷冰冰地说,"不要咋咋呼呼的。我有件事情需要和你私下谈谈!"

"你们俩没听见吗?"皮乌斯转头冲卡特琳娜和萨莱大声嚷道,并打开了店门,"请出去吧!你们已经烦我烦得够久了!"

"这态度也太不友好了!"萨莱回到街上后抱怨道。

"是呀!"卡特琳娜说,"但与皮乌斯的谈话还是有收获的。今天大量订购上等布料的安东尼奥修士是谁?那位顾客又是谁?他把我们赶走,要和皮乌斯私聊些什么?"

"他叫什么来着?路易·德·梅?"萨莱边回忆边说,"他一定腰缠万贯。你瞧那件斗篷,上面的图案都是用金线绣的。"

"还有帽子!上面是孔雀的羽毛吗?"卡特

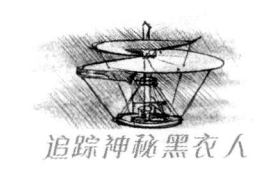

琳娜顺手扯了扯自己脏兮兮的裙子。

"我们无论如何都要盯住这个男人。"萨莱建议,"他不会一直待在皮乌斯的布店里的。"

"你是说,跟踪他?"

"是的,我就是这样想的。"萨莱答道,"我们要仔细调查这位路易先生。"

"那我们等着吧。"卡特琳娜叹了口气,"最好在布店对面,这样不容易被发现。"

两人横穿马路,在一个门洞的阴影中耐心等待着。不一会儿,路易走出店门,左顾右盼后疾步离开。门刚在他身后砰的一声关上,又有一位穿着黑色斗篷的男人悄悄溜进了布店。

"快跟上!"卡特琳娜轻轻推了一下萨莱的胳膊,"你还在等什么?"

"好吧……"萨莱犹豫了片刻,"你瞧见刚刚谁又进店里了吗?"

"没有,现在最要紧的是不能跟丢了路易!"卡特琳娜斩钉截铁地说,"走吧!"

萨莱和卡特琳娜尾随这位富人在佛罗伦萨的大街小巷里穿梭。他们尽量保持足够的距离,不让对方有所察觉。在一个熙熙攘攘的集市上,到处都是鱼、酒和香料的摊位,孩子们几乎看不

追踪神秘黑衣人

到路易的身影。好不容易,卡特琳娜的目光才又锁定了他。最后,他们来到了圣伊丽莎白大街。路易放慢了脚步,卡特琳娜和萨莱也只能一起慢下来。

"发发慈悲,赏我一点儿钱吧!"一个乞丐突然不知道从什么地方蹿了出来,一把抓住卡特

琳娜的胳膊,"可怜可怜我这个罪人吧!"

"我们什么都没有。"卡特琳娜和善地回答。

但是,乞丐挡住了他们的去路,并且用另一只手抓住了萨莱的胳膊:"给点儿吧,就一口面包……"

"让开!"萨莱冲着乞丐呵斥道,想把他推到一边。

一番拉扯之后,乞丐总算放弃了,他临走时恼羞成怒地大骂:"你们这些吝啬鬼!"

萨莱连忙四处张望,却看不到路易的身影。"你看到他往哪边去了吗?"他急忙问卡特琳娜。

"他应该是进入了这里的某一栋房子中。"卡特琳娜指着对面的一排房子说,"但到底是哪一栋,我也没有看到。"

两人有些气馁地望向街对面。突然,卡特琳娜喊道:"在那儿!我知道他在哪里了!"

路易在哪里？

四
关键线索

"我也看到了!"萨莱用手指向一扇窗户,透过它可以看到路易帽子上的孔雀羽毛,"可他去那里做什么?那是丽莎夫人的家。他来拜访她吗?"

"达·芬奇先生正在为她画肖像的那位夫人?"卡特琳娜问,"有这样一种可能,丽莎夫人通过与达·芬奇先生攀谈来吸引他的注意力,路易就正好偷偷溜进工作室。"

"的确。"萨莱觉得卡特琳娜的话不无道理,"但他们相识也有可能纯属巧合。你知道的,大家都这么说——佛罗伦萨里人人都互相认识。"

"那该如何解释路易在皮乌斯店里鬼鬼祟祟的行为呢?难道也是巧合吗?"卡特琳娜问。

"不,当然不是!但丽莎夫人肯定对老师的发明不感兴趣。"

"虽然她自己没有兴趣,但如果她是同谋,想借此大赚一笔呢?"卡特琳娜试图说服萨莱,"或者路易掌握了她的什么秘密,让她对自己言听计从?"

"他一时半会儿不会离开。"萨莱想了想,

说,"我们在这里干等,也无计可施。"

"你有什么建议?"卡特琳娜目不转睛地盯着对面的房子,眼神仿佛要穿透墙壁。

"我们应该更好地利用时间,而不是一味傻等。我还是无法想象丽莎夫人是小偷儿或帮凶,她那么钦佩老师。我们再去问问其他布匹商人,没准儿是我们找错了线索。"萨莱说。

"好吧。"卡特琳娜叹了口气,"我们去集市吧,怎么样?"

他们很快跑回圣伊丽莎白大街的集市,这里到处都是人和动物,鱼腥味儿和各种香料的味道直冲他们的鼻孔。

一辆马车轰隆隆地从卡特琳娜身边驶过,吓得她赶紧跳到一边。

萨莱抓住卡特琳娜的胳膊,把她拉到了相对安全的地方。"我们去找皮耶罗吧,他的摊位在后

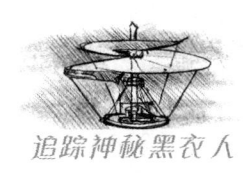

面。"他建议道,"老师经常在他家买东西,颜料、香料、葡萄酒和所有你能想到的一切。"

卡特琳娜随着人流前进。

"新鲜的鱼!"一个鱼贩在她耳边叫卖。

"来尝尝新鲜的橄榄吧!"另一个卖水果的商贩也试图引起她的注意。

两个孩子无视周遭的诱惑,坚定地往前走。很快,他们就站在了要找的摊位前。

"您好,皮耶罗先生!"萨莱向站在堆积如山的瓶瓶罐罐后面的商贩打招呼,"您今天又有这么多漂亮的颜料啊!"

"达·芬奇先生有什么需要吗?"小个子商贩眯起眼睛问,他用香肠一样的手指指了指面前的颜料,"各种颜色,应有尽有。"

"您知道的,我的老师习惯自己调颜料。"萨莱答道,"但如果您这里有上乘的布料……"

"哼，这是什么意思？你看不到这里没有布料吗？"皮耶罗发觉与萨莱做生意的机会似乎很渺茫，失望又恼火地问道。

"达·芬奇先生需要大量原材料来完成一项新发明。"卡特琳娜赶忙插话，"您能给我们一些建议吗？在哪里可以为他买到大量的上乘布料？"

"今天真是邪门儿！"皮耶罗翻了个白眼，"刚才有人问我有没有软木和竹竿，现在你们又

要布料。就没有人愿意买颜料和香料吗？我去过很多国家，能提供最优质的商品，但我不可能什么都卖呀！"

"软木和竹竿？"萨莱迅速抓住了重点，"真的吗？"

"当然！"皮耶罗不耐烦地站直了身子，歪头向萨莱和卡特琳娜身后望去，以确定是否还有其他顾客。

"关于那位顾客,您能透露点儿信息吗?"卡特琳娜激动地问道,"他长什么样?有没有披斗篷?"

"好像……是披着一件深色斗篷。"皮耶罗明显更急躁了,"现在我真的要去忙了!"

他无视面前的两个孩子,大声叫卖着:"香料!来自遥远国度的上好香料!还有各种颜色的颜料!快来皮耶罗这里看看吧!"

"皮耶罗先生,"萨莱想最后尝试一次。"那个人有没有告诉您,他要软木和竹竿准备做什么?"

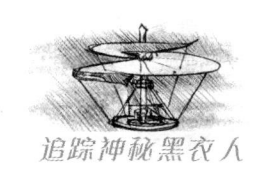

"够了！我没那么多时间和顾客闲聊，问他们货物的用途！"皮耶罗怒气冲冲，"一提到他，我就气不打一处来！他问东问西，最后什么东西也没买！你们也是！我已经把他留在颜料罐旁边的那张纸条扔进了垃圾堆里。我可不想留着那玩意儿！越来越不像话了，真是的……"

皮耶罗还在愤怒地吼叫，卡特琳娜和萨莱没等他说完就溜走了。他们已经得到足够多的信息，正小心翼翼地朝皮耶罗摊位后的垃圾堆走去。

"路易一大早先来了皮耶罗这里吗？然后他才去的皮乌斯的布店？"卡特琳娜确定皮耶罗听不见她的声音后问道，"衣服也能对上——一件深色斗篷。"

"有可能。"萨莱回答，"我们先在垃圾堆中找一下。也许皮耶罗说的那张纸条上有重要内容。"

两人满脸嫌弃地看着眼前堆积如山的垃圾。发霉的面包旁是腐烂的水果和蔬菜，还有破碎的陶罐和玻璃。所有商贩不要的东西都被扔在这里，也许乞丐和流浪狗还能从中找到点儿什么能吃的东西。

卡特琳娜捡起一根棍子，不情愿地用它翻动着垃圾堆。当她掀开一箱腐烂的苹果时，从里面蹿出来一只猫。这只猫明显被吓着了，全身毛发竖起，喵的一声逃走了。

萨莱指了指一个破酒瓶，它看起来很像皮耶

罗摊位上的那种:"看,卡特琳娜!也许我们该仔细地找找那里!"

卡特琳娜用棍子在萨莱指的地方翻来翻去。最后,她挑出来一张皱皱巴巴的纸条,捡了起来。"我想我找到了!"她自豪地说。

萨莱从她手中接过那张纸条,努力将它抚平,可由于纸条受了潮,又加上上面沾满污泥,许多文字已无法辨认。

"唉,这谁能读懂?!"卡特琳娜很是灰心。

但萨莱没有轻易放弃。他苦苦思索了片刻,说:"我觉得我可以猜出纸条上写的内容。"

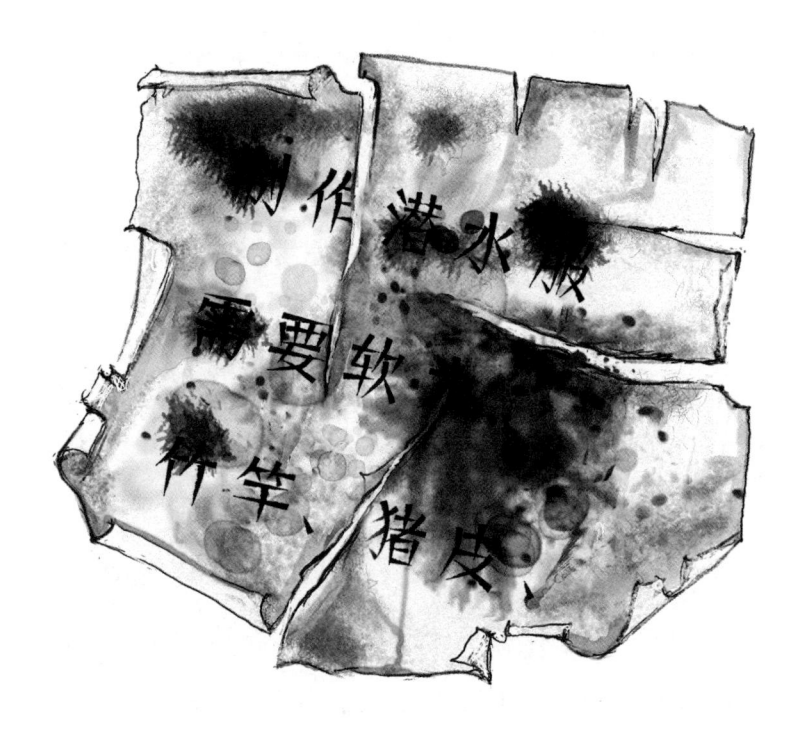

制作潜水服需要软竹竿、猪皮

纸条上写了什么？

五
法国国王的使者

"制作潜水服需要软木、竹竿、猪皮……"萨莱读给卡特琳娜听。

"看来,小偷儿想要做一件潜水服。"卡特琳娜说,"这张纸条能证明,我们的确在追踪偷走达·芬奇先生笔记本的窃贼!"

"是的,这很明显。"萨莱说,"但接下来我们该怎么做?我们不确定路易是不是盗窃案的幕后黑手。就算他是,我们也不知道他的全名。"

"我们应该把线索告诉达·芬奇先生。"卡特琳娜插话,"我们必须告诉他,在皮乌斯的布店里和丽莎夫人的家里都看到了路易,还要把这张纸

条给他看。"

萨莱却迟疑了。他清楚地记得达·芬奇对他偷偷溜出来的行为有多么恼火。但萨莱知道,不管怎样,他迟早要面对自己的老师。

"好吧。"他点点头,"我们现在回去把发现告诉老师。"

不一会儿,卡特琳娜和萨莱就回到了达·芬奇的工作室里。这位大师正一动不动地站在画架前,若有所思地注视着丽莎夫人的画像。

"达·芬奇先生,"卡特琳娜小心翼翼地走近画架,"我们想稍微打扰您一下,告诉您一些事情。"

"原来是卡特琳娜。"达·芬奇转过头,露出一个微笑,每每见到这个朝气蓬勃的女孩,他都是这样的亲切友好,"你的话,随时欢迎!"

萨莱向前迈了一步。达·芬奇还没来得及

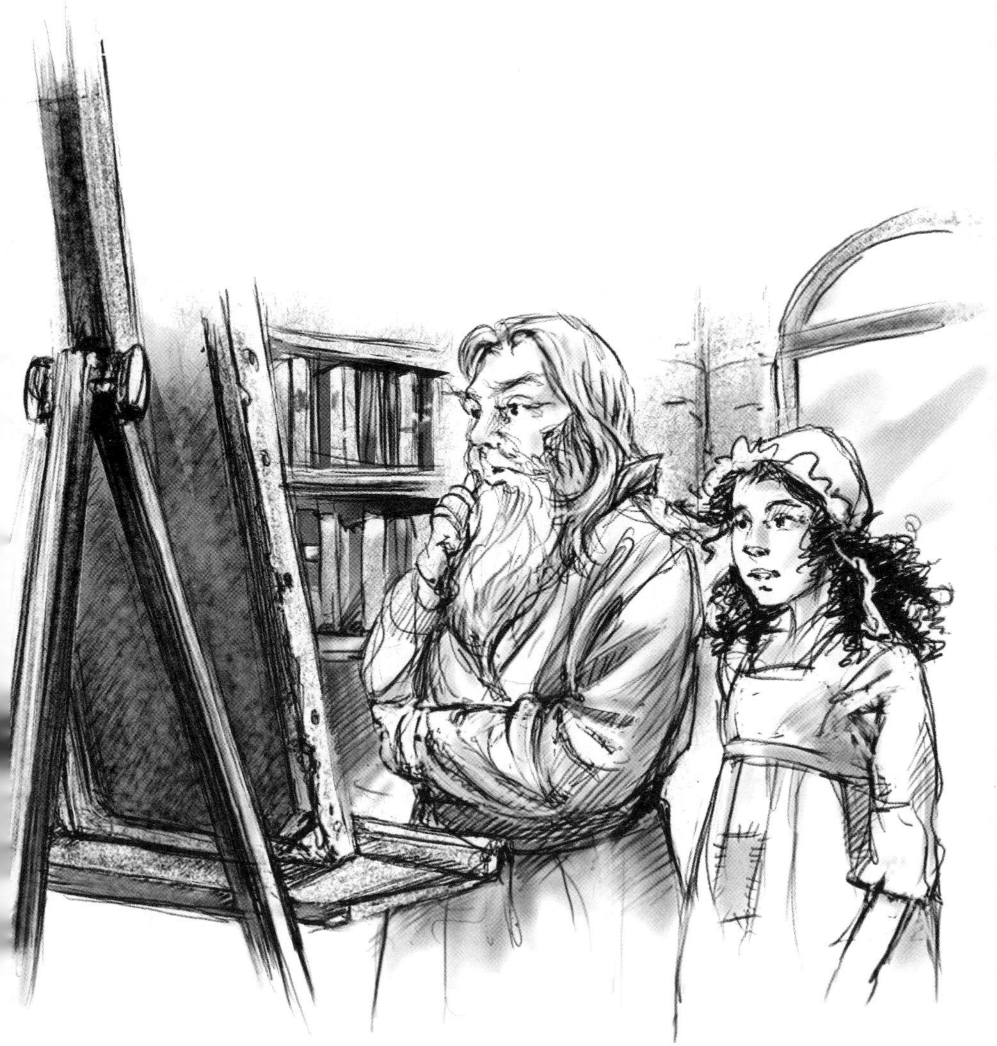

说什么,他的学生就拿出那张脏兮兮的纸条,说:"我们要告诉您,我们正在追踪小偷儿,找回您的笔记本。"

"等一下,萨莱,"达·芬奇皱了皱眉,但他似乎没有昨晚那么生气了,"你们又瞒着我做了什么?你现在不是应该正绘制最后一幅马的草图吗?"

萨莱和卡特琳娜讲述了在皮乌斯的布店里了解到的信息,讲述了他们是如何跟着神秘的路易到了丽莎夫人的家,还有他们在皮耶罗摊位后的垃圾堆中找到的纸条。

达·芬奇瞥了一眼那张脏兮兮的纸条。"看来,小偷儿对潜水服很感兴趣。"他边沉思边推测,"关于一个人如何在海底行走并且仍能吸到氧气的方法,我的笔记本里就有记载。"

"但有什么必要呢?"卡特琳娜睁大眼睛问,

追踪神秘黑衣人

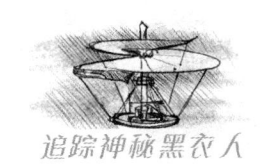

"为什么人要在海底行走?"

"几年前,土耳其舰队击败威尼斯①舰队时,我就产生了这个想法。为了摧毁敌舰,我制定了'水下军队'计划,简单来说,就是穿着潜水服在水下行动自如的士兵。这些士兵可以穿着由猪皮制成的防水服和防水头盔,头盔上眼睛的部分会安装两个玻璃镜片以方便他们看到外面。此外,还要从头盔中伸延出一根能直通水面的竹管,为了使竹管连接空气的那一端能一直保持在水面上,需要在那一端安装一个能漂浮在水面上的软木环。这样,穿着潜水服的人就可以在水里正常呼吸了。"达·芬奇边解释边迅速将脑海中的构想画在一张纸上。

"但我仍然不明白这与土耳其舰队有什么关

---

①威尼斯,位于意大利东北部的著名旅游与工业城市。十五世纪初至十八世纪初,威尼斯和土耳其之间发生了一系列战争。

系。"卡特琳娜依旧困惑不已。

"很简单。当威尼斯这样的城市受到舰队威胁时,穿着潜水服的士兵就可以从水下偷偷摧毁敌方船舰。敌方船舰沉没,城市及其居民才能幸免于难。"

"太厉害了!"萨莱再次被老师的创意所折服,"但如果计划落入敌手,那后果不堪设想!"

"没错!那样一来,我方舰队就会有危险!"

追踪神秘黑衣人

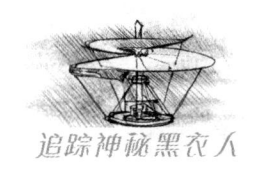

卡特琳娜担心地绕着一缕头发,"根据我们发现的这些线索,您有没有怀疑的对象,达·芬奇先生?"

达·芬奇捋着灰白的胡须陷入沉思,片刻之后,他说:"不难想象,修士们会喜欢飞上天空,但我认为他们对'水下军队'应该不感兴趣……"

"那么,就排除了安东尼奥修士的嫌疑。"萨莱打断了老师。

"我不得不说,路易先生和丽莎夫人之间如此熟络很奇怪。"达·芬奇继续说道,"这是一个非常罕见的巧合。"

"可大家不都说,佛罗伦萨里人人都互相认识吗?"萨莱提出疑问。

"是的。我记得在最近的一次聚会上,某个叫路易的男士和我深入交流了我的发明,也许就是你们在布店里看到的嫌疑人,你们对他外貌特征的描述与我见到的那个人是相吻合的。我记

得他告诉过我,他住在城墙附近,就在残破的塔楼对面。"达·芬奇说。

一阵敲门声打断了他们的讨论。

"达·芬奇先生,"一个声音从街上传进二楼的工作室里,"您在家吗?"

"下去开门吧,"达·芬奇嘱咐他的学生,"记得把门关好!"

萨莱的脸一下子就红了,他立即起身去开门。不一会儿,他回来了,身后跟着一个瘦弱的男子。那个男子穿着天鹅绒上衣和浅色长裤,披着一件宽大的斗篷。

"大师,请允许我先做个自我介绍。我叫雅格布·迪·格拉齐,代表法国国王登门造访。"那人向达·芬奇深深鞠了一躬,做了一个优雅的手势,"能见到像您这样的天才,我感到无上荣幸。"

卡特琳娜忍不住咯咯地笑了起来,萨莱也忍

俊不禁。达·芬奇用严厉的目光扫了他们一眼。

"我们的国王路易十二①，对您无与伦比的才华早就有所耳闻，特地派我来更深入地了解您的工作。那些关于您的传说，哪怕只有一半是真的，国王也想邀您入宫详谈。"雅格布说着站直

---

①路易十二，法兰西瓦卢瓦王朝第八位国王，在位时间从1498年到1515年。

了身子，迅速打量了一圈达·芬奇的工作室。

"很荣幸国王听说过我的事情。"达·芬奇有点儿受宠若惊。显然，他正在衡量空空如也的口袋与为法国国王效力哪一个更令他接受不了。"萨莱，快给我们弄些好酒、新鲜面包和奶酪来。"达·芬奇转向萨莱，递给他几枚钱币。

萨莱接过钱币，塞进裤子口袋里，示意卡特琳娜和自己一起离开，两人一起走出了工作室。

"多么滑稽可笑的动作呀！"萨莱走出来后哈哈大笑，模仿使者矫揉造作的深鞠躬。

"你瞧他是如何挥舞双手的，"卡特琳娜也笑了起来，"你看到他小拇指上的印章戒指[①]了吗？大到几乎覆盖了整个小拇指。"

两人为了给达·芬奇和客人买东西，跑得气

[①]印章戒指，权力和身份的象征。过去，贵族们无论走到哪儿都会随身携带印章，后来由于害怕遗失印章，又想要显示自己的地位，他们便将印章套在手上，渐渐便有了印章戒指。

追踪神秘黑衣人

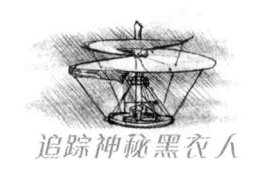

喘吁吁。来到店里后，他们被新鲜的火腿、香喷喷的奶酪和香甜的蜜糖所吸引，一时间忘记了过去几个小时里发生的事情。直到走在回去的路上，萨莱才想起被盗的笔记本。

"你真认为路易是罪魁祸首吗？"萨莱边想边问卡特琳娜。

"我们的确还拿不出确凿的证据，"她答道，"但他身上有很多疑点。"

"那我建议,今晚我们再出去搜寻一下。"萨莱把面包夹得更紧了,"就去路易家!"

卡特琳娜惊讶地看着他:"你想做什么?"

"如果真是他做的,一定能找到一些蛛丝马迹,比如一间工作坊、发明的原材料、笔记本等。"萨莱解释道,"我们总得做点儿什么。"

"没错,我们不能这样干等着!"卡特琳娜附和道。

两人刚走进房子的门厅,就听见从工作室里传来了对话声。

"如果水的压力条件与空气的压力条件相同,即两种情况……"达·芬奇正在向客人讲解着什么,萨莱上楼把东西交给他后,下楼回到了卡特琳娜身边。

"我们去图书室吧!老师在那里放了一张佛罗伦萨的地图,或许我们可以查到路易的准确居

追踪神秘黑衣人

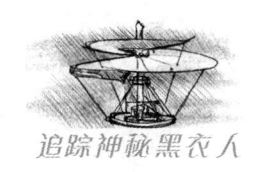

住地。"他提议道。

卡特琳娜吃惊地看着萨莱,但她突然想起了达·芬奇的话——他不是说过路易就住在一座残破的塔楼的对面吗?

"同意!"

片刻之后,两人一起低头查看佛罗伦萨的地图。

"我们在这里……"萨莱边说边用食指在城市地图[①]上划过。很快,他再次抬起头,咧嘴一笑:"找到了!我知道今晚要去哪里了!"

---

①中世纪没有显示街道的城市地图。佛罗伦萨最古老的平面地图中只勾画了主要的建筑、花园、桥梁和城墙。

路易住在哪里？

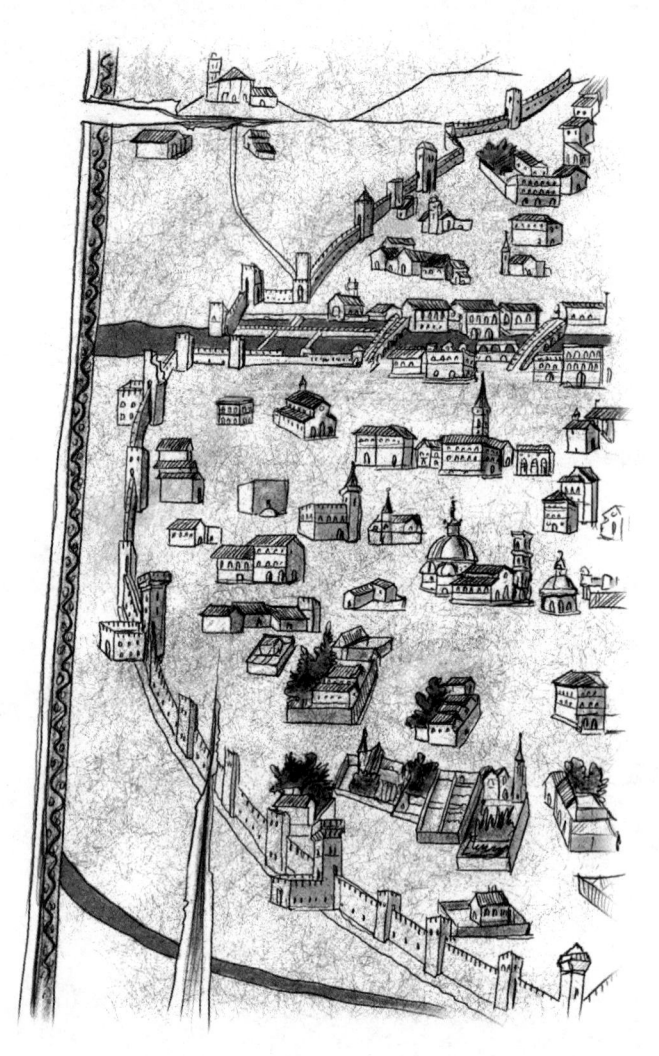

六
夜间冒险

晚上,萨莱早早回到房间,和衣躺在床上,努力不让自己睡着。他必须要保持清醒到半夜,然后去叫醒卡特琳娜,和她一起到残破塔楼对面的路易家。他要找到笔记本。

就在萨莱思考怎样才能保持清醒时,他的眼皮不自觉地合上了。他在忐忑不安中睡着了。

"醒醒!"萨莱的窗户外传来轻轻的敲击声。

萨莱一个激灵,坐了起来。"卡特琳娜?"他低声说,"现在几点?"

他还没有等她回答,就赶紧把一张小凳子搬到窗前,轻轻爬出了窗外。很快,他站在了卡特

琳娜面前,面露愧色。

"我们快出发吧,你这个瞌睡虫!"卡特琳娜揶揄他。两人立刻朝目的地前进。

佛罗伦萨的街道一片漆黑,空无一人。一些小酒馆百叶窗的缝隙间透出微弱的光线,不时能听到客人们爽朗的笑声。卡特琳娜在黑暗中健步如飞,萨莱都快跟不上了。

不一会儿,两人上气不接下气地跑到了残破塔楼附近,立刻在其对面找到了一栋典雅的房子。所有的百叶窗和门都紧闭着。卡特琳娜和萨莱无奈地抬头看着房子。

"现在怎么办?"卡特琳娜有些束手无策,"这里连一只老鼠都溜不进去!"

"所有窗户都关得严丝合缝。"萨莱也想不出办法,"除非有人给我们开门,否则绝对进不去。"

"我这会儿真没有心情开玩笑。"卡特琳娜低语。

"不是玩笑。"萨莱沉着地说,然后告诉了卡特琳娜自己的计划。他费了一番唇舌后,卡特琳娜终于同意试试看。

"有人在吗?"卡特琳娜敲了敲前门,苦苦哀求道,"请行行好,开开门,给我一杯水和一块面包吧!"

她把自己弄得蓬头垢面,头上的帽子比平时更歪,赤裸的双脚从破旧的裙子里露出来。她把手按在肚子上,可怜兮兮地呻吟着。没多久,屋里传来了脚步声。前门开了,一个老仆人出现在

她的面前。

"你疯了?"他冲她嚷道,"你要把主人和邻居都吵醒吗?快滚开!"

"求求您,施舍下我这个可怜的乞丐吧!我只要一小块干面包和一点儿喝的。"卡特琳娜继续哀求着,双手更用力地按在肚子上,"把您不需要的东西赏给我这个不体面的罪人吧!"

老仆人看了看她的脸,自言自语道:"唉,这么小的孩子,最多只有十二岁……"而卡特琳娜则继续抽抽搭搭地低声恳求着。

追踪神秘黑衣人

"如果你答应保持安静,拿到东西后马上离开,我就去看看能不能给你找点儿吃的。"他终于松口。

"万分感谢!"卡特琳娜边说边不断地鞠躬。

老仆人虚掩着门,拖着步子走向厨房。

卡特琳娜迅速转身,对紧贴着房子墙壁等候的萨莱做了个手势。下一刻,萨莱就出现在了卡特琳娜身边,打开虚掩的前门,溜了进去。老仆人回来之前,他躲到了走廊里一张皮质扶手椅的后面。

"您是多么仁慈呀!谢谢您!"卡特琳娜继续分散毫无戒心的老仆人的注意力,也为自己的谎言在心中默默向他致歉。她大口大口地喝下老仆人递来的水,拿起面包转身消失在黑暗之中。

"不错嘛!"萨莱心想,笑着注视着好友的表演,"我已经潜入屋子了,计划成功!"

萨莱等到老仆人离开走廊后,又继续躲了一会儿,在黑暗中细细聆听。等他确信这里的确没有人时,才小心翼翼地四处张望。现在,他的眼睛已然适应了黑暗,正凝视着长长的走廊。

"也许这走廊直通后院。"萨莱思忖着,蹑手蹑脚地走到走廊尽头,站在一扇橡木门前。他谨慎地转动门把手,将门拉开一条缝向外看去。在微弱的月光下,他看见在房子后院的正中央有一棵大杏树,还能隐约看见位于院子尽头的马厩和旧棚子的轮廓。

尽管萨莱提心吊胆,但他还是被这栋房子的华美所震撼。他决定先偷偷溜到旧棚子里,如果盗窃笔记本的嫌犯有什么要隐藏的,那是他能想到的最有可能藏东西的地方。

一团黑影从院子中央掠过。马厩里的一匹马注意到了他,发出嘶鸣声,还用马蹄踢墙。萨莱

的心怦怦直跳,连忙躲到杏树的后面。好在,没有人被吵醒,过了一阵,那匹马也安静了下来。

月亮消失在了云层后,萨莱深吸一口气,继续向旧棚子走去。他迅速打开门闩,钻了进去。黑暗之中,他撞到了一个冷冰冰的物件,小心翼翼地伸出手去抚摸,他猜那可能是个砧铁。

乌云散去,月光突然从旧棚子的门和窗同时倾泻进来。萨莱辨认出了墙上挂着的是锤子和马蹄铁。这里似乎是房主自己的小作坊,用来给马钉马掌。

"棚子不大，"萨莱想，"如果在这里制作老师的某一项发明，空间明显不够。"

尽管如此，他还是生怕有所遗漏。或许这里有一个通往更大房间的秘密入口？萨莱摸索着往前走。他仔细检查墙壁上是否存在暗门，但没

追踪神秘黑衣人

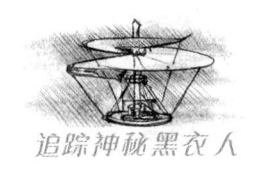

有发现任何异常。当他准备转身离开时,脚却碰到一个木质的东西。

"哎哟!"萨莱痛得叫了一声,赶紧揉了揉大脚趾,"地板上的是什么破玩意儿?"他弯下腰,发现是一个雕刻着精巧花纹的箱子,与旧棚子里其他东西的风格截然相反。

"这下有意思了。"萨莱立即着手摆弄箱子。

"锁在哪里?"他暗自嘀咕。无论他多么仔细地寻找,都没有找到可以插入钥匙的锁眼。

"咦?"萨莱很诧异,"这东西怎么打开呢?"他的手指在箱子表面缓缓滑动,摸到了一些像纽扣一样的小按钮。他兴奋地把它们一一按下去,但箱盖纹丝不动。

他把箱子移到窗户附近,以便借助月光仔细观察它。他发现,箱子上的那些按钮都雕刻着奇怪的符号。

萨莱陷入了沉思:"这些符号是否提示了按钮的顺序?也许它们可以组成一个词?"他眉头紧锁地研究起这些符号来。突然,他得意地叫了起来:"我知道了!一定是这么回事!"

萨莱应该按照什么顺序按下按钮？

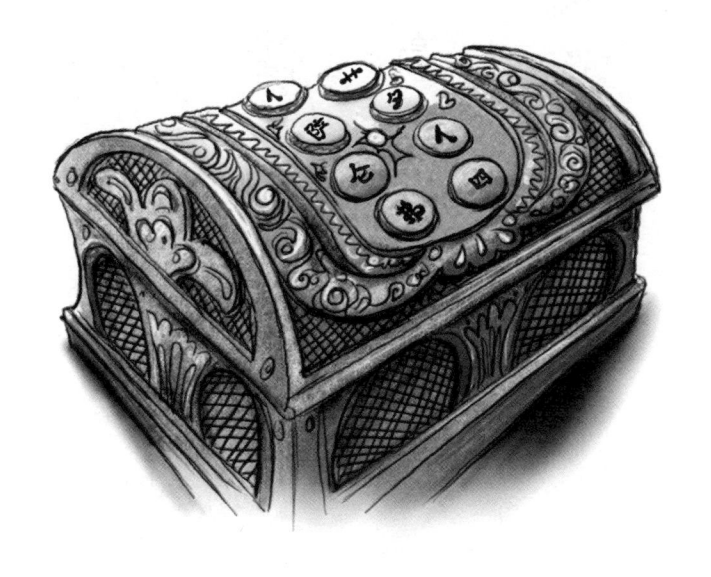

七
邀 请 函

"亻、弗、四、夕、亻、仑、艹、阝,佛罗伦萨。"萨莱低声念着,依次按下箱子上的按钮。当他按下最后一个按钮时,箱盖咔哒一声开了。萨莱顿时心跳加快,他往里看了看,但光线昏暗,他什么也看不见。

他满心期盼能在箱子里找到达·芬奇的笔记本,带回家放回书桌上。如果笔记本失而复得,达·芬奇该有多惊喜呀!想到这里,萨莱激动地将手伸进箱子里。但他找到的不是一个笔记本,而是一捆信件、文件和合同。

"真奇怪!"萨莱很纳闷儿,"路易为什么要

把这些东西藏在这里?"萨莱解开绳结,试图在月光下看清最上面的文件。他认出纸张底部印着的美第奇家族①印章,这个曾经富甲一方、统治着佛罗伦萨的强大家族近年来越来越没落,失去了昔日辉煌。

"路易·德·美第奇!原来如此!"萨莱低声说,"路易是美第奇家族的一员!"他仿佛着了魔一样继续翻阅着那些文件。

黑暗之中,他还是努力辨认出了一些字。"抵抗法国人……"萨莱心中一惊,"美第奇家族是佛罗伦萨的唯一合法统治者……所有美第奇家族成员团结起来,建立强大政府……"萨莱迅速浏览了所有文件。

"路易·德·美第奇想要夺回他们家族对佛

---

①美第奇家族,十五到十八世纪中期在欧洲拥有强大势力的名门望族。除了短暂的中断,该家族在此期间一直统治着佛罗伦萨。

罗伦萨的统治权!"萨莱还在思索着,却听到院子里传来了脚步声。他赶紧将文件塞回箱子里,合上盖子,弯腰躲到窗下。

"美第奇家族仍然和以前一样,是强大的名门望族!"萨莱听出,这个声音的主人正是他和卡特琳娜之前遇到的路易。

追踪神秘黑衣人

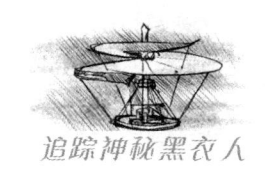

"今天,布匹商人皮乌斯告诉我,大家对我们城市的不满情绪正不断蔓延。民众渴望明晰的政治局面和值得信赖的领袖。"

萨莱屏住呼吸。无论路易·德·美第奇的计划是什么,肯定与达·芬奇的发明毫无关系。外面的说话声很近,仿佛路易就站在旧棚子的窗前。他会和对话者一起进来翻看文件吗?萨莱的额头上渗出了豆大的汗珠。

"正是如此!但美第奇家族近年来财力大减,公信力也大不如前。"萨莱听到另一个男人说。

"的确,虽然很遗憾,但我完全同意您所说的。由于我国局势艰难,我们放了大笔贷款却收不回资金,赔了很多钱。意大利的统治者们不和,法国征服了我们的城市,佛罗伦萨陷入一片混乱。"路易深深叹了口气,"我们说说别的吧!

我请您这位医生深夜来此,是因为我夫人的腿一直在抽筋儿,您这么晚还肯过来真是太感谢了……"

说话声越来越远,萨莱松了口气。"快离开这里!"他边想边悄悄跑到门口,目送那两个人进了屋子。他又等了一会儿,然后跑过杏树,回到了主屋。

现在,屋中灯火通明,几个仆人在走廊里来往穿梭,萨莱想方设法在不被人发觉的情况下,

悄悄溜到走廊上,再穿过前门回到了街上。

他终于走出了这栋房子,紧绷的神经放松下来。他四处寻找卡特琳娜的身影,发现她在街道另一边的一栋房子旁的阴影中等他。

"怎么样?"当黑暗中的卡特琳娜认出萨莱时,迫不及待地跑过来问道,"发现什么了吗?"萨莱一五一十地将自己的经历告诉了好友。

"这么说来,我们的夜间冒险一无所获。"卡特琳娜失望地长叹一口气。

"也不完全是,至少我们可以排除路易的嫌疑。"萨莱打了个哈欠,"现在我得回去补觉了。"

困倦的两人回到了吉贝利娜大街,道别后各自回家,精疲力竭地倒在了床上。

"萨莱,起床了!"第二天早上,达·芬奇来叫醒自己的学生,"你还躺在床上干什么?外面阳光明媚,你却睡得像一只正在冬眠的土拨鼠。"

萨莱极不情愿地坐了起来,睡眼惺忪地看着站在门口的老师。紧接着,昨天夜里发生的一幕幕浮现在他的眼前:卡特琳娜乞讨得到了面包和水,自己潜入了房子后院,发现了旧棚子,打开了木箱……

"老师,我有话要和您说!"萨莱直截了当地说。

"先起床吧,卡特琳娜在厨房等着你呢!"达·芬奇摸了摸萨莱凌乱的头发,"我已经知道你昨晚又偷偷溜出去了。"达·芬奇说完,摇摇头离开了。萨莱赶忙穿好衣服去了厨房。

卡特琳娜和萨莱一边享用新鲜牛奶、白面包和奶酪,一边汇报了他们昨晚的经历。达·芬奇听后皱起了眉头。"看来,路易·德·美第奇的神秘举动另有原因,与我们所怀疑的完全不同。"他断言,"他是小偷儿的可能性微乎其微。"

"那我们必须再从头开始分析。"萨莱冷静

地说,"我们先来捋一捋对作案者的了解。"

"他对达·芬奇先生的发明很狂热,而且……"

"而且他穿着斗篷!"萨莱接着卡特琳娜的话说道。

"没错!"萨莱提到"斗篷"这个词的那一刻,卡特琳娜的脑中突然似有一道闪电划过,"法国国王派来的那个使者!话说,他到底想从您这里得到什么?"她转身面向达·芬奇。

达·芬奇沉思后点了点头:"我明白你的意思。这个雅格布一门心思在我的发明上,对丽莎夫人的画像瞟都没瞟一眼。当我向他展示关于人体器官的研究成果时,他也目不转睛地盯着旁边木鸟的草图。他对我在人体方面的研究漠不关心,即便这是我重要的研究方向之一。我之前向你们提过吗?只要看这张图,就会发现人体的各部分都以某种方式关联在一起。"

萨莱附和了一声,意味深长地看了卡特琳娜一眼。他发现,虽然自己对老师的人体研究兴味索然,但好友听得十分入迷。达·芬奇似乎又忘记了周围的一切,提笔画了一个男人的身体。

"我测量过很多人体。"他指着草图滔滔不绝地讲道,"结论是每个人身体部位的长度都遵循一定的规律,比如:脸大约是身体的十分之一,耳朵的长度大约和鼻子的长度一样……"

卡特琳娜还没来得及验证达·芬奇的结论，就听到一阵敲门声。

"达·芬奇大师，请开门！"一个声音从外面传来，"我是来送帕齐先生的邀请函的！"

这次，萨莱没等达·芬奇吩咐就跑去开门，取回来一个纸卷。

"帕齐先生，那个爱热闹的家伙又要办聚会了！"达·芬奇满面笑容地展开纸卷。当他看到上面的内容时，脸上更是露出了欣喜的神色。他将邀请函递给卡特琳娜和萨莱，两人盯着上面的内容不明所以。

最后，还是卡特琳娜眉开眼笑地说："我知道帕齐先生的意思了！"她兴奋地用胳膊肘儿撞了一下萨莱。

"你猜不出其中的奥秘吗？"

邀请函上写着什么？

八
假面舞会

"帕奇先生在邀请达·芬奇先生去参加动物假面舞会!"卡特琳娜羡慕地说,"就在这位银行老板的别墅里!我多想一起去呀!"

"能去参加帕齐先生在花园里举办的舞会的确是一种难得的体验。"达·芬奇肯定地说,"富丽堂皇的别墅、奢华精美的服饰,还有耗费多日精心准备的美酒佳肴……"

萨莱灵机一动,也许这次既可以让老师带自己去参加舞会,又可以解决当下的难题。"老师,"他踌躇着开口道,"我想到个主意!"

"怎么?你有什么好主意?"达·芬奇露出

赞许的微笑,"说来听听。"

"佛罗伦萨的所有富人肯定都会受邀出席,也许就包括我们正在苦心寻找的人。帕齐先生的舞会远近闻名,即使是陌生人也会心向往之。如果我们在舞会上刻意散播假消息,说卡特琳娜的父亲手上将有大量优质竹竿亟待出货的话……"

"你说'我们'?"达·芬奇打断了他,扬起眉毛,"其实你更想说'我'吧?"

"嘿嘿……"萨莱心虚地笑了笑,继续顺着自己的思路说,"如果小偷儿也去参加舞会,他第二天肯定会去卡特琳娜父亲的作坊里买竹竿。"

"而我会在父亲的作坊里守株待兔,嫌犯一旦出现,我就会牢牢盯紧他,不让他有任何逃跑之机。"卡特琳娜说出了萨莱计划的后半部分。

"一点儿不错!"萨莱得意地补充道,"而且,如果您透露出竹竿到货的预计时间,小偷儿可能

追踪神秘黑衣人

在舞会中就不打自招了。我们两个会密切关注所有客人,看看他们之中是否有人形迹可疑。"

"你们好像忘了,邀请函只给了我一个人。"达·芬奇有些担忧地看着他们,"如果我带着学生和邻居的女儿去,我觉得帕齐先生可能会心生不悦。"

"可这是一场假面舞会,每个人都会扮成一种动物,没人会认出我们的!"卡特琳娜试图说服达·芬奇。

"是的,我们可以扮成鳄鱼、马、狮子……"萨莱建议。

"不,达·芬奇先生应该扮成猫头鹰,因为他绝顶聪明。①"卡特琳娜提出了反对意见,"而我,会扮成狐狸。"

"那是当然,因为你那么狡黠。"萨莱做了个鬼脸。

"我也可以提个建议吗?"达·芬奇会心一笑。卡特琳娜和萨莱期待地看着他。"你们可以伪装成鸟,我当捕鸟人。"

"您真要带上我们吗?"卡特琳娜激动地拍手,"我会用真正的鸟羽毛给您缝制一件衣服,然后……"

"我们还是租衣服吧!"达·芬奇很快打断了她,"距离舞会只有两天了,你缝不完三套衣

---

①在西方,猫头鹰是智慧的象征。

追踪神秘黑衣人

服。"

两天时间一晃而过。

达·芬奇绝对没有夸张。帕齐先生的别墅果然金碧辉煌,花园里灯火通明,照亮了精致的罗马柱和各种雕像。在一个小池塘的旁边,安放着许多摆有美味佳肴的华贵餐桌。

客人们没有落座,而是纷纷端着酒杯在花园里踱来踱去,自由交谈,开怀大笑。

"是你呀,阿尔贝蒂!"站在玫瑰花丛旁的一个女人向另一个女人打招呼,"那个戴着傻乎乎青蛙面具的人是谁?"

卡特琳娜顺着一位戴着猫咪面具的女士的目光望去,不由得暗暗赞同,那个青蛙面具确实滑稽透顶。"他可以直接跳进池塘了。"卡特琳娜附在萨莱耳边低语。

"咦,老师去哪里了?"萨莱问道,"刚才他还和帕齐先生站在那座雕像旁呢!"

卡特琳娜环顾四周。"在那儿!他在招手让我们去找他,过去看看吧!"

达·芬奇正被一大群人团团围住。当卡特琳娜和萨莱走近时,听到了各种"哦哦啊啊"的钦佩声。

只见达·芬奇从口袋里掏出一支长笛,吹奏起一首歌曲。听众随着音乐节拍击掌哼唱。

"给我们再演奏一曲吧!"达·芬奇奏毕一曲后,一位女士请求道。

帕齐赶紧吩咐仆人:"快去把达·芬奇先生最钟爱的乐器拿来!"仆人听到后匆匆离去。过了一会儿,仆人恭恭敬敬地鞠了一躬,递给达·芬奇一张里拉琴①。

达·芬奇闭上双眼,用琴弓轻抚琴弦。嘈杂的花园顿时安静下来,大家都在聆听柔和悦耳的琴音。卡特琳娜和萨莱也被达·芬奇的演奏深

---

①里拉琴,西方最早的拨弦乐器,文艺复兴以来西方音乐的象征。据说,达·芬奇本来是为了打发时间而自学里拉琴,但一不小心就成了演奏高手,还掌握了作词作曲的方法。

深迷住了。

"他又在创作新的旋律了。"萨莱对卡特琳娜耳语,但旁边传来一声带有责备意味的"嘘",他立马收声。

演奏完毕,达·芬奇放下手里的琴,礼貌地鞠了一躬。一位听众迟疑着打破了沉默,鼓起掌来,紧接着现场爆发出热烈的掌声。

"亲爱的朋友们!达·芬奇先生让我们的耳朵享受了一场音乐盛宴,接下来我想满足大家的味蕾,去尽情享用美食吧!"帕齐先生招呼着宾客,指向摆得满满当当的餐桌,空气中不时飘来浓郁诱人的香味儿。大家纷纷入席,达·芬奇左右两侧的椅子立刻就被抢占了,萨莱和卡特琳娜只好坐到了他的对面。

"啊,味道好极了!"萨莱一边大快朵颐,一边对卡特琳娜说。各类肉食和水果已经在他的

追踪神秘黑衣人

盘子里堆成了小山。

"我早就吃饱了,可还是控制不住自己的嘴。"卡特琳娜附和道,"我从来没有吃过这么好吃的大餐!"

"老师似乎把我们的计划抛到了九霄云外。"萨莱使劲朝达·芬奇使眼色,"他与周围人深度讨论了一切事物:音乐、建筑、艺术、希腊人和罗马人,等等。但你听到'竹竿'这个词了吗?哪怕一次……"

"没有!"卡特琳娜叹了口气,"我得去提醒他一下。"说完,她起身走到达·芬奇身边,靠在他的肩膀上耳语了几句。

达·芬奇微微点

头。过了一会儿,他终于把话题引到了佛罗伦萨的贸易上,抱怨说由于政治局势不稳定,要弄到上等原材料来制造发明变得困难重重。

他说话时,萨莱和卡特琳娜机警地观察着其他客人。

"到处都有人上当受骗。"达·芬奇继续说,"我认为镇上唯一可靠的商人是我的邻居——老罗塞利!你真的可以完全信赖他,上周他答应我要弄来一大批优质竹竿,我敢保证,这批货明天一定准时到店。"

就在此刻,一个身着黑色乌鸦装的男人向这边走来。"您的发明真的成熟到可以用于实践了吗?"他边问边伸手去拿一瓶酒。

萨莱屏住了呼吸。"快看!"他悄悄对卡特琳娜说,"这只'乌鸦'我们认识的!"

"乌鸦"是谁？

九
不速之客

第二天，萨莱在达·芬奇的准许下，光明正大地出了家门。他站在一栋房子的阴影中，靠着墙壁，默默注视着卡特琳娜他们家作坊的入口。如果计划成功，小偷儿今天就会出现在这条街上。

同时，卡特琳娜在父亲罗塞利的作坊里破天荒地热情忙活着。她又是扫地，又是整理架子，还嫌活儿不够，又去擦洗窗户。

"卡特琳娜，你该不是又犯了什么错吧？"一开始，罗塞利对女儿忙进忙出的状态很欣慰，但渐渐地心里没了底，以至后面一直满腹狐疑地观

追踪神秘黑衣人

察她。

"你总是故弄玄虚。昨天化装舞会上到底发生了什么？我本来不想让你去的，但还是被你妈妈说服了。她说达·芬奇先生都来替你求情。"

"什么事情都没发生。"卡特琳娜宽慰自己的父亲，"别担心！"其实，她也不想打扫卫生，而是想到集市上闲逛。但假如今天小偷儿来作坊，她一定要在现场。她一边擦着窗户，一边用余光扫着作坊的入口。

他们料想的一切果真发生了！突然，一个行色匆匆的男人出现在作坊里。他穿着一件黑色的斗篷，剑尖从斗篷下方探了出来。尽管他把帽子拉得很低，卡特琳娜还是一眼就认出了他——几天前来拜访达·芬奇的"法国使者"！

男人飞快观察了下四周，他的目光扫过工人、工具、木板、木箱和一堆木头，似乎没有什么

能逃过他的眼睛。接着,他的目光在卡特琳娜的身上停留了片刻。卡特琳娜紧张得大气都不敢出。所幸,男人似乎不记得之前曾在达·芬奇的工作室里和她有过一面之缘。

她深吸一口气,鼓起勇气向他走去。"有什么能帮您的吗?"她问。

男人摇摇头。"我只想和罗塞利先生谈谈。"他冷冷地回道。

"我是他的女儿,也许我也可以给您提供一些帮助。"卡特琳娜试探着说,顺便瞟了一眼男人小拇指上的印章戒指。

"你没听见我的话吗?我只想和罗塞利本人谈!"他粗鲁地吼道。

罗塞利看到陌生人在吼自己的女儿,立刻走上前来。"有什么需要我为您效劳的,先生?"他客气地招呼道,但卡特琳娜察觉到父亲的声音中透露着明显的不满。

"我能不能单独和您谈谈?"男人的薄唇勾起一抹笑意。

"当然,我们去里面的房间吧!"罗塞利边回答边带路。他们穿过作坊的庭院,不一会儿就来到了一个门厅里。

卡特琳娜拿着抹布紧跟在他们后面,万一被发现了,她可以说自己是来打扫门厅的。她不敢

贸然进去,好在门没关紧,透过门缝,她能清楚地听到里面两个人的谈话。

"我听说,您有大量的优质竹竿要出货?"男人开门见山地问。

"恐怕我不得不让您失望了,先生。我们主要卖松木家具,基本不会用到竹竿这种材料。"罗塞利心里很是纳闷儿。

"可据我所知,您在这场交易中充当中间商。"陌生人继续试探,"您为达·芬奇先生寻得的这批竹竿,我可以出双倍价钱购买!"

卡特琳娜惊讶地捂住自己的嘴巴。计划真的奏效了!她那可怜的、被蒙在鼓里的父亲此刻会想些什么呢?

罗塞利清了清嗓子,说话的声音比平时大了一点儿,说即使对方可以出三倍的价格也无用,因为他完全不知道对方在说些什么。

追踪神秘黑衣人

"你明明知道!"男人怒吼道。"但你不想帮我,那就别怪我不客气了!"

卡特琳娜心急如焚地盯着门厅,只见男人已经拔出剑,抵在了她父亲的脖子上!

"你说不说!"他压低声音威胁道。

站在门外的卡特琳娜看到父亲惊愕的神情后,立刻推开门,冲了进去。

在她进来的那一瞬间,罗塞利连忙大喊:"卡特琳娜,快跑!"

男人忙转身去看,但他还没有反应过来,卡特琳娜就将湿漉漉的抹布扔到了他的脸上。罗塞利趁机打掉了攻击者手中的剑,敏捷地抢过武器,将剑尖对准男人的胸口。污水正从男人的头发上滴落,刚刚的盛怒竟然让他忘记了提防罗塞利。

"你这个讨厌的小鬼!"他冲着卡特琳娜大骂。卡特琳娜瞧见他这副狼狈模样,忍不住扑哧一声笑了出来。

追踪神秘黑衣人

"如果我是你,我现在可不会辱骂敌人的女儿。"罗塞利威胁道,并加大了剑尖抵在男人胸口的力度,"马上滚出我们的房子!我永远不想再见到你!"

男人脸上抽搐了一下,转身朝门口走去。他快步穿过院子,走到街上。

还没等罗塞利从震惊中回过神儿来,卡特琳娜也跑了出去。"我得去追踪他!"她想,"不能让他逃了!希望萨莱能看到他。"

萨莱果然在门口等着卡特琳娜。"快来!"他对她大喊,"他往右边跑了,朝着大教堂的方向!"两人以最快的速度朝同一个方向追去,很快就追上了那个男人,但他们只敢远远跟着。

男人似乎察觉到自己被跟踪了,不时转身张望。幸好此时佛罗伦萨的街道上人头攒动,卡特琳娜和萨莱或是混在人群里,或是藏在房子的

阴影中，又或是紧贴在门洞的墙上，总之，他们一直未被发现。他们跟着男人，一路来到了大教堂，又穿过教堂的前院。教堂的穹顶在灿烂的阳光下光彩夺目。

"他这是要去哪里？"卡特琳娜惊讶地问萨莱，"我们快到城墙了！"

"他可能想离开佛罗伦萨。"萨莱猜测，"注意！他现在转进了德赛维大街！"

市中心外的狭窄街道上空无一人，卡特琳娜和萨莱不得不拉大距离，以免被前面的人发现。两人沿着小巷拐了个弯后，彻底失去了男人的踪迹。

他们加快了速度，想赶紧追上。可他们转过又一条小巷后，还是连人影都没有看到，只能盯着眼前高高的城墙唉声叹气。

萨莱走近墙壁，左右看了看，却只是徒劳，

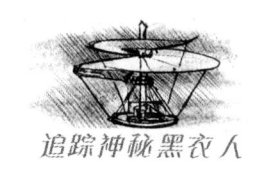

那件黑色斗篷彻底失去了踪影。

"该死!"萨莱懊悔极了,"我们跟丢了!"

"他绝不可能凭空消失。"卡特琳娜沉思了片刻,又看了看长满青草和苔藓的古老城墙,"我觉得他是通过一个秘密出口逃离的。"

"你是说,他越过城墙溜掉了?"萨莱睁大了双眼。

"是的,而且我知道他是从哪里逃离的。"

卡特琳娜发现了什么？

十
地下工作室

萨莱也发现了卡特琳娜说的地方。"最下面那块石头的接缝处并没有长青草和苔藓!"

萨莱在城墙边蹲了下来。他摸了摸那块与周边环境格格不入的石头,又按了按其边缘。突然,一声轻响,石头移到了一边。萨莱看到了一个入口,入口里有一条陡峭的楼梯,直通地下。

"这一定是当初为了防止城市被围困而建造的秘密通道。"萨莱解释,"老师曾经告诉过我,即使敌人包围了佛罗伦萨,大家也有逃生的机会。来,我们去看看路通向哪里!"他已经踏上第一级台阶。

楼梯似乎通向无尽的黑暗世界。卡特琳娜徘徊不前。但最终好奇心战胜了恐惧,她跟随萨莱走了下去。"等等,别那么快!"她想让萨莱放慢脚步,尽管周围漆黑一片,萨莱下楼的脚步还是很轻快。

他们又往下走了几级台阶,现在已经伸手不见五指。

突然,有什么软软的东西擦过卡特琳娜的脚跟,她一个激灵跳了起来。"这里一定是老鼠的乐园!"她一脸嫌弃。

萨莱安抚好卡特琳娜后,他们继续朝前方的黑暗走去。其实,萨莱的心也提到了嗓子眼儿,但他此时有一个强烈的念头:必须找回被盗的笔记本!

"别担心。"他轻声为好友和自己打气,"我们不会有事的。"

追踪神秘黑衣人

在摸黑儿又往前走了一段路之后,他们的眼前突然闪过一线光亮。

"我觉得那里有一个洞穴或一个房间。"萨莱低声说。

两人蹑手蹑脚地靠近光源,来到了走廊右边的一个入口前。他们小心翼翼地往里望去:这是一个很大的房间,里面点着火把。

卡特琳娜和萨莱面面相觑,他们发现房间的天花板上悬挂着由木头和棉布制成的鸟翼,两翼中间用皮革结构固定,中间留出了一个人的位置。

"再等一等。"雅格布边说边抚摸着飞行器,"很快我将和你一起飞上天空。你还是太重了。看来不能用木头,只有竹子才能让你像猎鹰一样

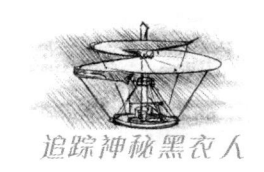

飞翔。今天我找原材料时栽了个跟头。但你等着瞧吧,我很快就能克服最后的障碍,用上等竹竿来制作支撑结构。"

接着,他转身走向一张桌子,桌上放着用猪皮制作的头盔和衣服。他的脸上掠过一丝得意的冷笑:"达·芬奇的确了不起。但荣耀终归属于我!我——佩鲁吉诺——一个被所有人都轻视和嘲笑的人,将成为第一个飞上天空的人!我也将是第一个能在水下自由呼吸并行走的人!佛罗伦萨的所有人都会拜倒在我的脚下!我将拥有无上的权力、声望,被大家崇拜!"

卡特琳娜和萨莱听到这里顿感脊背发凉。

"在他发现我们之前,我们赶快离开吧!"卡特琳娜在萨莱耳边低语,"他绝对疯了!我们要寻求大人的帮助。"

萨莱也看出来了,现在光凭他们什么都做

不了。于是，他们默默离开了这间地下工作室，沿着漆黑的走廊往回走，爬上楼梯，又回到了外面，这才松了一口气，用力呼吸着新鲜空气。

"我们必须把老师叫来。"萨莱说完就开始狂奔，卡特琳娜紧跟其后。他们一路穿过德赛维大街，经过了大教堂，终于回到了吉贝利娜大街。

卡特琳娜和萨莱跑上楼梯，闯入了达·芬奇的工作室。这位大师正站在画架前专心致志地画画儿。

"老师！您在家里实在太好了！"萨莱激动地喊道，"我们找到小偷儿了！"

"你说什么？"达·芬奇转过身来，惊讶地挑起眉毛，"他在哪里？"

卡特琳娜和萨莱气喘吁吁地讲述了全部经过。达·芬奇听完，若有所思地捋了捋胡须。"人

追踪神秘黑衣人

类为了追求权力和虚荣,真是无所不用其极!"他愤慨地说,然后取来他通常放在工作室角落里的佩剑,"走吧!我们别再浪费时间了!"

三人急匆匆地出发,穿过市中心,径直来到城墙前,进入了地下,沿着狭窄的楼梯摸索前进,终于来到了秘密工作室的门前。

达·芬奇没有片刻犹豫,果敢地拔出腰带上的佩剑,轻轻推开门,从背后悄悄靠近佩鲁吉诺。在佩鲁吉诺意识到发生了什么事情之前,达·芬奇已经用剑尖抵住了小偷儿的脖子。

"你到底是谁？为什么对我的发明如此狂热？"达·芬奇问道，"你肯定不是法国国王的使者！'雅格布'这个名字是你杜撰的吧？转过身来，直视我的眼睛！"

"达·芬奇？"男人低沉地问道，缓缓转向他，"你是怎么找到我的？果然，我早该想到，没有什么可以瞒过你，你的头脑那么聪明。"

达·芬奇笑了。"不完全是你想的那样。"他对卡特琳娜和萨莱点头示意，"即使再聪明的人，也需要聪明的帮手。我来这里，是为了问你一些事情，而不是回答你的问题！说，你到底是谁？"

"我叫佩鲁吉诺，来自米兰。在我还是个孩子的时候，人类能否飞上天空这个问题就一直盘旋在我的脑海中。但我绞尽了脑汁，也毫无头绪。而我的其他发明也以失败告终，我成了人们的笑柄。后来，我听到了你的故事，他们都说你

是个天才。当谈到那些其他人连想都不敢想的发明时,'达·芬奇'这个名字总是一次又一次地出现!"佩鲁吉诺的脸变成了一张痛苦扭曲的面具。

"总是'达·芬奇'!一次又一次!艺术家'达·芬奇'!科学家'达·芬奇'!发明家'达·芬奇'!甚至是魔法师'达·芬奇'!这么多年,我一直关注着你的一举一动,意识到你确实能力超群。这让我嫉妒不已,让我夜不能寐,让我近乎癫狂!但最后,我还是找到了你的弱点:尽管你天赋惊人,但你不得不依赖他人的赞助!因为你缺乏资金来实现你的那些创意。于是,我突然想到,只要赶在你之前制作出这些发明,我就

是'达·芬奇'！为此,我需要你的笔记本,便去偷了它。"

达·芬奇难以置信地摇了摇头。"嫉妒真是人类最深重的罪孽。"他若有所思地说,"它会带来破坏和不幸。但有一件事情我百思不得其解,既然你已经偷到了笔记本,为什么还要冒充法国国王的使者来找我？"

"你的想法过于大胆和前卫。尽管有笔记本,但我一开始还是不太理解。"佩鲁吉诺回答,"直到我们详谈后,我才弄懂了这些研究的伟大之处。"

达·芬奇不动声色地看着佩鲁吉诺。"你应该明白,我不仅要取回我的笔记本,还会拿走你的工作成果。"他指了指潜水服和鸟翼。

佩鲁吉诺握紧双拳,点了点头。

"您就这么轻易放过他了吗？"萨莱插嘴

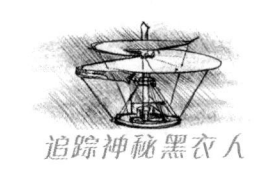

道,"要知道,他想把您的研究成果都据为己有!"

"也是。"达·芬奇接话说,"萨莱说得对。你差点儿给我造成巨大的损失,也许我更应该让人把你逮捕归案……"

佩鲁吉诺咬牙切齿地说:"我有一笔可观的财富,以后我会在经济上支持你的研究!"

"一言为定!"萨莱喊道。他想,他和卡特琳娜马上就能在市场上买到所有想吃的美食了——蜜糖、甜枣、糕点……

达·芬奇仿佛看穿了他的心思,转向萨莱说:"我聪明的学生,从明天开始,你将回归你的本职任务:打扫工作室,调和颜料,洗刷子,画动物和学习拉丁语!"

萨莱顿时感到十分沮丧,甚至没有注意到达·芬奇向卡特琳娜偷偷使了个眼色呢!

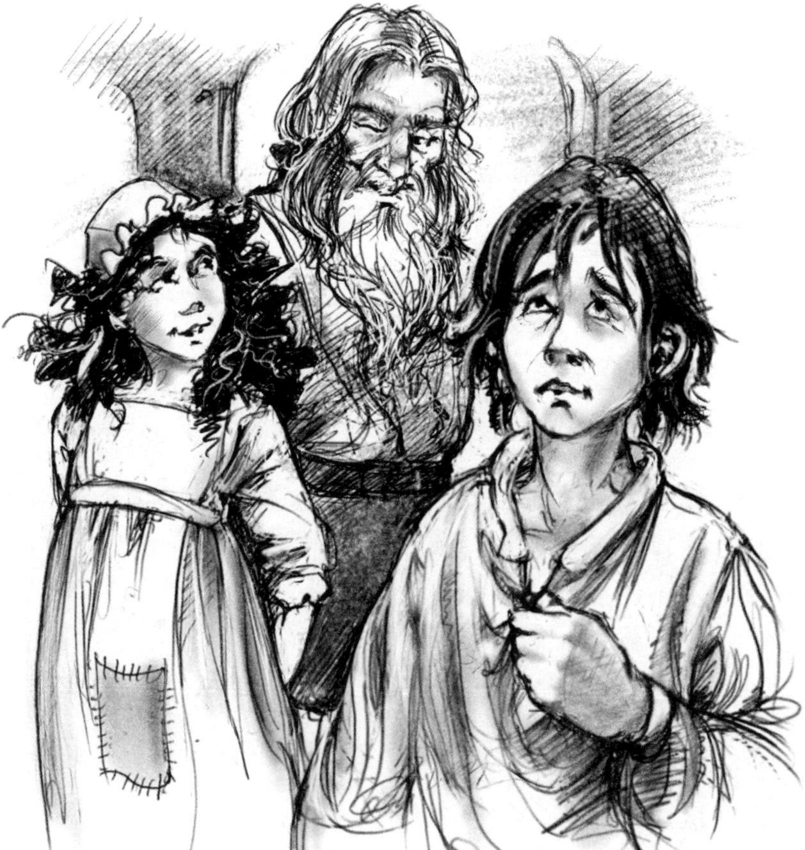

答案

一 / 笔记本失窃案

萨莱发现达·芬奇书桌上的笔记本不翼而飞了。

二 / 小偷儿的目的

纸条上写着：自行车、装甲车、降落伞、飞行器、潜水艇、潜水服。

三 / 追踪

路易在一楼最右边的房间里。透过窗户可以看到路易帽子上的孔雀羽毛。

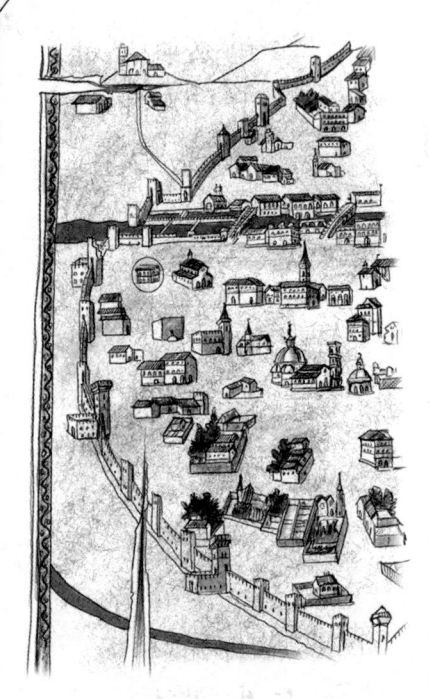

五 法国国王的使者

四 关键线索

纸条上写着"制作潜水服需要软木、竹竿、猪皮、"。

六 夜间冒险

萨莱应该按照"亻、弗、四、夕、亻、仑、艹、陉"的顺序按下按钮，这样可以组成"佛罗伦萨"一词。

七 邀请函

邀请函上写着：周日日落时分，在别墅的花园里将举办动物假面舞会。

八 假面舞会

从"乌鸦"小拇指上戴着的印章戒指可以判断出，他是所谓的法国国王派来的使者——雅格布。

九 不速之客

卡特琳娜发现城墙下有一块石头，它的接缝处与其他石头不一样，并没有长青草和苔藓。

达·芬奇生平大事年表

1452年　达·芬奇出生于佛罗伦萨共和国与比萨共和国之间的芬奇镇。

1466年　达·芬奇进入佛罗伦萨韦罗基奥的画坊,专门学习绘画。

1482年　达·芬奇离开佛罗伦萨,前往米兰公国。他在米兰前后居住了十几年,被委以重任,担任过军事工程师、建筑师、宫廷音乐师等职务。这段时间是他艺术生涯发展得最顺利的时期,《岩间圣母》《抱银鼬的女子》和《最后的晚餐》都是在这期间创作的。

1499年　达·芬奇逃离了被法国军队入侵的米兰,接下来是多年动荡的旅居生活。

1500年　达·芬奇回到佛罗伦萨，继续自己的科学工作，埋头于"几何学的研究和数学的实验"。

1502年　达·芬奇由于生活困窘，再次离开佛罗伦萨，前往罗马尼阿，受雇于恺撒·博尔吉亚公爵，为其筑城，进行了许多工程建设。

1503年—1506年　达·芬奇再次回到佛罗伦萨，在此期间创作了《蒙娜丽莎》。

1506年—1513年　达·芬奇在米兰居住。这段时间，绘画和雕刻被他放在次要的地位，他几乎把全部精力都投入到了科学研究上，如机械学、地质学、气象学、天文学、解剖学等。

1513年　达·芬奇搬到罗马，因不愿迎合上层名流而受到恶意中伤，他的科学研究被斥为"妖术"。在这种处境下，他创作了那幅著名的素描自画像。

1516年　达·芬奇受法兰西国王之邀前往法国，成为宫廷画师，有着丰厚的年俸，不仅可以从事艺术创作，还能进行科学研究。

1519年　达·芬奇在法国病逝。

了解文艺复兴

法语的"文艺复兴"写作"La Renaissance",直译为"重生",这是一场大约发生在十四世纪到十六世纪之间的欧洲思想文化运动。

文艺复兴从意大利兴起,后来扩展到西欧各国,在十六世纪时达到顶峰。它是西欧近代三大思想解放运动之一,揭开了近代欧洲历史的序幕。

文艺复兴时期,哲学和科学研究被高度重视。达·芬奇并不是那个时期唯一一位地位重要且影响至今的科学家,比如波兰的哥白尼就提出了"日心说"。

但是,文艺复兴的标签里也有"饥饿"和"战争"。与欧洲许多地区一样,瘟疫曾在意大利肆虐。意大利统治者常年不睦,法国军队进攻米兰和佛罗伦萨。人们通过许多节日、庆典、聚会来忘却疾病和死亡带来的痛苦,比如假面舞会。

无论如何,佛罗伦萨都是达·芬奇一生中重要的城市之一,它也被很多专家认为是文艺复兴的发源地。

达·芬奇——一位全能巨匠

达·芬奇是全能型的天才。他是画家、科学家、发明家、建筑家、雕塑家……他在诸多领域都起着奠基作用。然而,由于达·芬奇远远领先于他那个时代的人,以至于他的许多想法直到几个世纪后才得到了验证和实现。

画家达·芬奇

达·芬奇在大师韦罗基奥的指导下度过了学徒生涯。韦罗基奥是一流的金匠、雕塑家和画家。

欧洲中世纪,艺术家接受作品创作的委托后,与学徒共同完成的情况屡见不鲜。《基督受洗》就是由韦罗基奥与达·芬奇这对师徒共同创作的。其中,达·芬奇所画的"跪着的天使",以轻盈精巧、生动逼真著称。不仅韦罗基奥的其他学徒对达·芬奇高超的画技无比震惊,韦罗基奥本人也为这名弟子的才华所折服。据说,这位大师自从被自己的弟子超越后,便不再作画了。

在随后的几年里,达·芬奇的画技不断精进。对他来说,画出大自然的真实面貌很重要,比如:岩石、河流和树木越远,在他的作品中就越小,景观的轮廓也就越模糊,因为远处的事物在我们眼中会变得模糊。

达·芬奇还仔细观察了光影的变化,并在作品中加以体现。强光会产生深色阴影,而多云的天气会产生灰色的阴影。

可惜，达·芬奇的有些画作并没有完成。出于对自己要求过高等原因，他搁置了一些作品的创作。他的代表作有《蒙娜丽莎》《最后的晚餐》《岩间圣母》《抱银鼬的女子》等。

科学家达·芬奇

达·芬奇取得了很多科学成就，其中就包括对解剖学的研究。他一生都在研究人体。为了能够画出最真实的人，他认真研究了人的肌肉与骨骼，甚至是内脏。

达·芬奇通过解剖尸体来了解人体的内部构造，他把人的血管和重要器官都一一画下来。从医学角度来看，他的草图非常有价值。然而，与现在不同，在中世纪的欧洲，这种研究只有在特殊情况下才能进行。因此，达·芬奇不得不秘密进行研究。

他曾深入研究过人的眼睛。那时，很多人认为人的眼睛会发光，但达·芬奇发现，我们可以看到事物是因为光线进入了我们的眼睛。

发明家达·芬奇

尽管达·芬奇厌恶暴力,但他发明了许多战争机器。为了赚取资金,他不得不研发武器卖给统治者。除了潜水艇和潜水服,他还设计了装甲车、机关枪和巨型弩等。

同时,达·芬奇也希望自己能有一些减少人们辛劳的发明。文艺复兴时期,纺织业是佛罗伦萨的重要产业之一。达·芬奇发明的剪毛机、纺纱机和织布机,大大减轻了人们的工作压力。

此外,他还有降落伞、直升机、自行车、汽车等造福人类的发明。

建筑家达·芬奇

在达·芬奇生活的年代,瘟疫在许多城市横行肆虐。达·芬奇认识到清洁对人类健康的重要性,垃圾不应该像以往一样被随意倾倒在街上。于是,达·芬奇设计了一套污水处理系统,通过地下管道将垃圾与污水冲到城外,借此让人们摆脱"黑死病"的魔爪。此外,他还发明了水泵,将干净的淡水源源不断地输送到城市中。

雕塑家达·芬奇

达·芬奇有很多雕塑作品,《达·芬奇的马》就是其代表作之一。据说,光是雕塑中的马就有七米多高。为了制作这座雕像,达·芬奇发明了一种新的铸造工艺。但建造这座雕像需要大量的铜,当时的世界正处于战乱中,青铜多被用于生产炮弹,所以他最终未能完成这部作品。当时若能完成,这座雕塑很可能成为世界上最大的马雕塑。

趣味小实验

自制蛋彩颜料

　　过去，人们常会自己调色，用黏合剂和小的颜色颗粒调成颜料。

　　在达·芬奇生活的时代，欧洲普遍流行"蛋彩画"，也就是把蛋液与颜料搅拌在一起，调和成蛋彩，用其来绘制画作。快来尝试制作一些蛋彩颜料吧！你需要以下材料：

一只小碗

一个杵

蛋液

植物、浆果或泥土

粉笔

清水

　　将植物、浆果或泥土等带有颜色的物品研磨成粉末，然后添加一些粉笔末继续研磨，最后加入蛋液和少许清水搅拌混合，蛋彩就制作完成啦！

飞行大挑战

达·芬奇经常观察大自然。大自然常常给予他发明的灵感。在他的飞行研究中,他不仅观察鸟类,还观察借助空气传播的种子。

快去收集不同植物的种子吧,如蒲公英、桦木、桤木、枫木等,然后让它们从高处"飞"下去,同时思考以下三个问题:

1. 它们是怎样"飞"的?
2. 它们的"飞行"轨迹是什么?
3. 达·芬奇发明螺旋桨时,可能受到了哪些种子的启发?

做完上面的实验,你还可以制作一架属于你的小飞机。首先,你需要想想需要什么原材料。比如:纸、胶水、棉花、火柴、回形针……

做好后,放飞你的小飞机并仔细观察,看一看它是否能滑翔、是否会左右摇摆、是否绕着自己的轴旋转,以及它是如何着陆的。

制作降落伞

达·芬奇一生都热衷于研究飞行。他提出了"物体对空气的压力等于空气作用于其上的力",这与两百年后牛顿提出的第三运动定律非常相似。他收获的那些知识让他萌生了发明降落伞的想法。快来试一试,他的这个想法是否可行吧!

找一块布手帕,在它的四个角分别缝上一根绳子。将一个小而轻的玩偶系在四根绳子上。把这个实验品从高处扔下,看看会发生什么。然后,再用塑料袋做一个降落伞,重复上面的实验。布手帕和塑料袋,哪一种材料做成的降落伞更好呢?